Ib 339
A.

DISCOURS

PRONONCÉ A L'OCCASION

DE

LA BÉNÉDICTION DU DRAPEAU

A TILLY,

DÉPARTEMENT DE L'EURE.

DISCOURS

PRONONCÉ A L'OCCASION

DE LA BÉNÉDICTION DU DRAPEAU

A TILLY,

DÉPARTEMENT DE L'EURE.

Nouvelle édition, corrigée,

PAR M. L'ABBÉ DE PIÉTRI.

CURÉ DE TILLY ET HEUBECOURT,

Le 5 décembre 1830.

PARIS.

IMPRIMERIE DE CARPENTIER-MÉRICOURT,
Rue Traînée, n. 15, près S.-Eustache.

1830.

AVERTISSEMENT.

Pressé par plusieurs amis de livrer à l'impression un discours que j'eus occasion de prononcer lors de la bénédiction que je fis des drapeaux de la garde nationale de Tilly, je crus ne point devoir hésiter à me rendre à leurs désirs : et cela dans la vue du bien, dans l'utilité de la société, et, le dirai-je ? dans l'intérêt de la religion elle-même.

Cependant, ayant pu reconnaître que ce discours (que je n'eus à peine que quarante-huit heures pour composer) renfermait quelques imperfections, j'ai cru de ma prudence et de mon devoir d'en offrir au public une nouvelle édition, après avoir fait toutes les corrections que, selon mes faibles moyens, j'ai jugé convenables.

Je désire ardemment que le public et les vrais amis de la religion n'aperçoivent ici rien autre qu'une nouvelle assurance de la sincérité de mes sentimens et de mon entier dévouement au bien et à l'ordre public; ce sera pour moi la plus grande et la meilleure des récompenses.

DE PIETRI.

DISCOURS

PRONONCÉ A L'OCCASION

DE

LA BÉNÉDICTION DU DRAPEAU

A TILLY,

DÉPARTEMENT DE L'EURE.

———

Messieurs,

Une auguste cérémonie m'appelle aujourd'hui parmi vous, au milieu du temple de la paix, de la concorde et de la religion. Elle est d'un heureux présage pour tous les bons Français, dont le cœur fut toujours voué à la cause sacrée de nos libertés.

Combien je suis fier de me trouver investi par le privilége de mes fonctions de sanctifier une cause qui nous est commune: oui, je me trouve heureux de bénir les couleurs régénératrices qui, dans des temps difficiles, ont fait respecter le nom français d'un pôle à l'autre, et qui en ont imposé aux nations belliqueuses qui tentèrent de les ternir et de nous asservir à leurs lois.

Nous avons été vainqueurs de tous les efforts de nos ennemis. Nos drapeaux ont flotté sur tous les monumens des potentats tributaires de nos armes victorieuses, et l'Europe entière a tremblé devant nous. Nos étendards, de glorieuse mémoire, ont été partout le gage assuré de la victoire; ils ont flotté au pont d'Arcole, à Austerlitz, à Wagram. L'Italie a reconnu leur pouvoir; l'Autriche, la Bavière, l'Espagne et tant d'autres contrées les ont également vus s'élever au-dessus d'elles, et ont marqué au sceau de la gloire tous nos faits héroïques, avec le nom des vainqueurs immortels qui ont transporté nos drapeaux dans le Nord; Moscou elle-même a vu sur les tours de son Kremlin arborer ce signe de valeur; ces trois nobles couleurs qui, teintes du sang de nos braves, redevenaient encore plus resplendissantes aux funestes instans de nos désastres douloureux, désastres que jamais la lâcheté ne provoqua de notre part, et dont la postérité nous doit compte, comme d'éclatantes victoires, où tant de victimes se sont encore signalées au sein du malheur le plus affreux et le plus désespérant; car si nous avons été vaincus à ces époques mémorables, ce n'est point à la force de leurs armes que les hordes sauvages de la Russie ont dû leur victoire mal acquise, mais bien à la force des élémens destructeurs qui n'ont rien ménagé, et qui ont moissonné tant de héros dont nous déplorons encore la perte aujourd'hui.

A tous ces fléaux réunis sont venues se joindre d'autres calamités qui ont abreuvé notre belle France d'amertumes, et ont occasionné pendant de longues années des événemens dont les fastes de notre histoire redisent la douleur.

Ces calamités ont été enfantées par la trahison; elle seule a soufflé le vent empoisonné de la discorde; des traîtres à la tête de l'honneur et de la bravoure militaire, ont dirigé nos phalanges glorieuses contre leur patrie, victime de leur lâcheté et de leur turpitude; rien dans ces momens funestes n'a pu sauver notre belle France des attaques réunies des puissances alliées; elle a succombé cette chère patrie, et nous avons vu ses enfans, disséminés, errans sur tous les points de la France, chercher une autre patrie au milieu de la leur; d'autres s'expatrier outre-mer, pour aller chercher dans des contrées lointaines, non le bonheur, ni même la fortune mensongère, mais au moins le repos de longues et périlleuses fatigues qu'ils avaient éprouvées depuis nombre d'années.

Les moins timides, comme je viens de le dire, cherchaient une patrie au milieu de leur patrie, désolée par le despotisme et l'anarchie. Qu'y ont-ils trouvé? Les uns, la mort pour prix de leur vaillance et de leurs hauts faits d'armes; d'autres, une injuste déportation qui entraîna leur ruine et celle de leur famille. Était-ce là, Messieurs, la récompense qu'ils devaient attendre de leurs services, de leurs honorables cicatrices toutes acquises aux champs de leurs immortelles victoires? Certes, un meilleur sort devait couronner tant de valeur et tant d'héroïsme.

Pendant quinze années la France, victime de l'intrigue des malveillans, n'a eu qu'à gémir sur le sort de ces braves qui tant de fois se sont illustrés; ils ont vainement sollicité : on leur a refusé inhumainement des récompenses que leur sang répandu dans la Germanie et diverses autres contrées réclamait à si juste titre, ils ont été forcés de languir dans l'oubli, et l'abandon le plus absolu et le plus formel, jusqu'au moment où l'heure de la régénération des braves a sonné! Que de peines, que de souffrances et de privations les ont accompagnés pendant ce laps de temps, avant d'aborder au port fortuné qui devait les rendre à eux-mêmes, à leurs concitoyens et à leur famille éplorée, dont ils étaient les seuls et dignes soutiens! Combien n'avons-nous pas à déplorer sur le sort de ces infortunés! rien ne peut racheter leurs souffrances passées, et nous ne pouvons former que des vœux stériles, tout en reconnaissant les abus dont ils furent victimes, et nous appesantissant sur leurs maux, nous ne pouvons apporter un remède efficace qui puisse les alléger d'autant; mais, Messieurs, il est un Dieu qui est le médiateur de toutes choses ici-bas, auquel est réservé le droit de les récompenser d'une manière plus digne de sa puissance que de celle des humains, qui ne sont que des atomes auprès de lui et de sa souveraineté.

Je ne peux, Messieurs, m'appesantir plus long-temps sur un sujet aussi étendu ; mon devoir, comme ecclésiastique, m'impose la stricte loi de ne pas, remonter aux causes et aux antécédens qui ont amené les calamités que je viens de signaler ; il n'appartient pas à un ministre des cultes d'aller au-delà des fonctions saintes qu'il doit exercer, et l'honneur m'impose le devoir de ne point scruter la conduite des Souverains ; c'est à Dieu seul qu'il appartiendra de les juger, et de prononcer : sortir du cercle ou des limites qu'il m'impose, ce serait une prévarication de ma part : je me croirais indigne de la confiance publique dont on veut bien m'honorer, si, sortant de mes attributions, j'allais m'initier dans la route tortueuse de la politique ; mes lumières sont trop circonscrites pour attaquer un principe de cette nature, et je rentre dans mes fonctions, en évitant de blâmer les actions ou la conduite d'un monarque appelé à nous gouverner ; et en sujet fidèle, je rends hommage à sa vertu et à ses bonnes intentions.

Aujourd'hui que la France est rendue à des idées toutes libérales et gouvernée sous les auspices d'un Roi vraiment citoyen, il me sera permis avec vous, Messieurs, d'applaudir au système régénérateur de nos libertés, base du bonheur des Français depuis si long-temps victimes de leur dévouement à cette patrie qu'ils ont si loyalement défendue, et pour laquelle ils ont fait des prodiges de valeur. Le drapeau tricolore a reparu ; nous les avons ressaisies ces couleurs chéries, et avec elles notre noble indépendance ! Honneur et gloire aux immortels héros qui ont sacrifié leur vie pour assurer la paix et le bonheur de leurs frères; que d'actions de grâces ne leur devons-nous pas pour leurs actes d'héroïsme! Que vos noms, illustres victimes, soient à jamais gravés dans nos cœurs, qu'ils volent de bouche en bouche jusqu'à la postérité la plus reculée! que tout bon Français redise votre valeur; qu'il répète en chœur les traits de votre patriotisme désintéressé; que votre souvenir ineffaçable soit retracé à jamais au temple de mémoire. Que pour vous, élus de la gloire, vrais enfans de l'immortalité, nos prières retentissent au pied du trône de l'éternel!

Qu'il m'est doux, qu'il m'est glorieux, Messieurs, d'avoir le bonheur de pouvoir en ce jour fortuné sanctifier ces nobles et brillantes couleurs, véritable arc-en-ciel de la liberté; mais que de sang elles ont fait répandre! que de larmes elles ont fait couler! Aussi doivent-elles être d'un grand prix à nos cœurs : elles ont été retrempées dans ce même sang; et malheur à qui oserait vouloir les ternir de nouveau. Le Français a secoué la poussière qui les obscurcissait; elles doivent maintenant briller d'un nouvel éclat; elles sont ineffaçables. Long-temps elles ont été cachées dans nos cœurs; elles ont pris leur essor pour réédifier nos trente ans de victoires, et nous rappeler les actions des braves qui les ont arborées sur la cîme des Pyramides, qui les ont plantées sur les bords du Danube et du Tibre, et en cent pays divers.

Puissions-nous jouir de leur influence bienfaitrice avec sécurité, ce doit être le vœu de la grande nation; que l'Europe, étonnée par nos trois jours d'immortelle victoire, apprenne à les respecter désormais. Qu'elle tremble, si des projets ambitieux la portait à venir nous les disputer encore une fois; nous saurions de nouveau nous rallier sous cette noble bannière, et défendre les droits sacrés qu'elle nous a acquis.

La France libre peut à présent sécher ses pleurs, terminer ses alarmes : nous sommes libres enfin, et la religion elle-même a reconquis ses droits; elle n'appartient plus à l'état cette religion qui, seule antérieurement, s'arrogeait le droit de diriger les consciences : chaque chrétien est libre de sa croyance; elle ne sera plus enchaînée par un système désorganisateur et tyrannique, qui lui imposait des obligations, plus ou moins illusoires, et qui ne tournaient pas au bien. Cependant, Messieurs, il est encore des ministres de notre sainte religion qui, désertant le sanctuaire de la vérité, abandonnant l'église, s'affranchissant du pouvoir émané de Dieu même, se rallient en nombre, et parcourant aujourd'hui diverses contrées, viennent encore sous le masque emprunté et trompeur d'un zèle de religion; couverts en un mot du voile ignoble de l'imposture et de l'hypocrisie, offrir gratis dans les communes leurs services éphémères, et leur ministère mensonger. Gardez-vous bien de prêter l'oreille à leurs vains discours, ils ne tenderaient qu'à tromper votre religion et à vous induire en erreur; d'ailleurs, tout subordonné qui abandonne volontairement son chef pour se rallier à un drapeau ennemi est peu digne de la confiance, ne cherchant qu'à surprendre et à tromper la crédulité du chrétien qui se livre sans crainte et sans défiance à celui qui, d'avance, a médité sa perte.

Je crois agir ici avec sagesse, en vous donnant cet avis salutaire; mon unique vœu est que vous sachiez en profiter, afin d'éviter les piéges qui pourraient vous être tendus.

On doit gémir sur la conduite scandaleuse de tels prêtres, opprobre de l'ordre social : il est heureusement en votre pouvoir d'éviter de tomber dans les piéges qu'ils vous tendent, et de ne pas vous écarter de la route qui vous a été tracée par un pasteur, qui ne veut et ne désire que votre bien, et qui doit être autant l'ami que le père bienveillant du troupeau confié à ses soins.

Tels doivent être d'abord les principes de tous les prêtres, sans quoi on ne saurait en trouver un bon : la vue du bien doit être son unique but pour remplir dignement ses fonctions, ne s'en écartant jamais dans la crainte de perdre cette confiance, qui doit être le but de toutes ses actions, et de la conduite irréprochable qu'il doit tenir pour l'acquérir.

Les principes, en mon particulier, que je m'efforce de professer pour me rendre digne de vos suffrages, n'ont pas, j'ose l'espérer, encouru votre disgrâce; j'espère que rien dans ma conduite n'a pu jusqu'ici prêter matière à votre improbation; aussi, marchant toujours sur la même route et vers le même but, je suis plus qu'assuré de ne jamais démériter dans votre esprit : ce sera pour moi la plus noble, la plus belle et la plus honorable récompense.

Je reviens au sujet qui nous rassemble dans ce saint lieu pour terminer l'auguste cérémonie qui nous y amène. Salut, ô toi drapeau tricolore! Salut, objet de tous nos vœux! puisse toujours la France être invincible sous la glorieuse bannière qui tant de fois a conduit nos guerriers vainqueurs aux champs de l'honneur; fais renaître parmi nous cet âge d'or qui n'eût jamais dû nous quitter; réunis tous les Français sous un même principe; sois le baume réparateur qui cicatrises pour toujours les plaies qui saignent encore; que ton emblème soit le signe assuré du pacte sacré qui doit nous unir! Fais taire les haines et les vengeances; fais aussi que le flambeau de la raison éclaire la France et l'Europe entière. Que les dissensions cessent; que tous se rallient pour le soutien de la patrie, tant de fois menacée par les nations voisines; que les peuples lointains redisent et chantent notre gloire; qu'ils apprennent à redouter tout pouvoir injuste, et que rien désormais ne s'oppose plus à la paix, et à la tranquillité de notre pays.

Que la palme de l'olivier vienne couronner ta lance, et que le voile funéraire ne vienne plus te couvrir de ses ombres lugubres; alors nous serons heureux; tous nos vœux seront accomplis. Que notre monarque, aussi juste que bienfaisant, nous protége : c'est à lui que nous confions nos destinées. Il est aussi enfant du drapeau tricolore, Messieurs, les champs de Jemmapes l'ont vu combattre sous cette merveilleuse bannière; lui aussi s'est illustré sous ces couleurs nationales, il en connaît tout le prix, et saura toujours les faire respecter.

INVOCATION.

O vous, mânes de nos frères! Français, dignes fils de la victoire, qui maintenant dormez en paix! si nous célébrons votre victoire par des hymnes à l'Éternel, qu'ils retentissent jusqu'au pied de son trône céleste : nous n'en portons pas moins votre deuil.

Soyez fiers de votre glorieux trépas! que la liberté déploie sa bannière dans ce temple ouvert en votre honneur; vos veuves et vos orphelins seront toujours pour nous l'objet de la plus tendre sollicitude. Nous nous estimerons heureux de les protéger et de les secourir, en les considérant comme des victimes de votre patriotisme et de votre dévouement, et vous, comme des martyrs de la liberté!!!

Mais si quelqu'un portait sa main coupable sur des lauriers qui vous ont tant coûté, comptez sur nous, et nous leur répondrons par le cri toujours redoutable : *Vive à jamais Dieu et la Liberté!!!*

SUR LA LIBERTÉ

DES CONSCIENCES,

PAR M. L'ABBÉ DE PIÉTRI,

CURÉ DE TILLY ET HEUBECOURT.

Nouvelle édition, corrigée.

A MM. LES ECCLÉSIASTIQUES

DE FRANCE.

———— ❦ ————

La France, rappelée à un gouvernement pacifique sous les auspices d'un monarque aussi juste que bienveillant, laisse à tout jamais les consciences libres et dégagées de toutes entraves : il ne tient donc qu'à nous d'exercer notre religion avec plus de succès qu'en tout autre temps ; nous pouvons enfin donner un libre cours aux principes sages qu'elle nous enseigne, certains d'y gagner.

Le véritable moyen d'arriver à un but fructueux, est de nous attacher avec force aux principes sacrés dont elle est remplie, et l'avenir de prospérité qu'elle nous offre est incalculable. En effet, toutes les chances sont en notre faveur, et il y aurait de notre faute de tomber dans des erreurs préjudiciables aux dogmes qu'elle nous enseigne. Il est par conséquent de notre devoir à tous, d'accorder à chacun sa liberté de conscience; c'est sa sauve-garde, c'est son égide, qui doit le mener au port qu'il s'est volontairement choisi, sans qu'aucun de vous puisse censurer sa marche; mais pour arriver avec succès au terme désiré, il est nécessaire de se bien observer, il ne faut pas par de fausses terreurs circonvenir les intentions salutaires et bienveillantes de celui qui cherche à suivre le chemin de la vertu : c'est un chemin difficile et périlleux, qui entraîne bien des ménagemens, et demande un soin tout particulier pour ne point s'y égarer.

Comme ecclésiastiques, nous devons nécessairement employer tous les moyens qui sont en notre pouvoir, afin de procurer aux fidèles cette même liberté de conscience. Nous n'avons qu'une doctrine à enseigner, cette doctrine est pure, sans tache, et conduite avec douceur et aménité, ce doit être aussi un de nos devoirs les plus sacrés, ce doit être une de nos principales maximes, pour pouvoir remplir dignement une tâche sévère, tâche dont nous avons contracté la stricte obligation en embrassant les ordres sacrés.

Rien ne doit rallentir notre zèle; nous devons au contraire tout mettre en œuvre pour agir avec cet esprit de charité chrétienne, dont un ministre des autels, doit plus que tout autre être pénétré.

Un digne ecclésiastique doit non-seulement prêcher d'exemple la saine morale; mais encore la mettre en action, et la pratiquer dans toute son acception. Il ne saurait trop éviter de se laisser emporter par un zèle trop ardent, inconsidéré, aveugle et sans science, s'il veut voir l'œuvre qu'il se proposait, couronné d'un heureux succès; et à cet effet, il faut qu'il s'attache spécialement et avec le plus grand scrupule, à ne point se laisser entraîner par des mandemens contraires aux institutions de la religion; bien mieux, c'est que, pour agir saintement, chrétiennement, en un mot avec esprit de charité, il doit les respecter toutes, les protéger même s'il est nécessaire contre l'oppression; alors les ministres de Jésus-Christ se seront rendu dignes du respect et de l'estime générale; mais, pour se concilier cette estime, il ne faut pas d'abord qu'un sentiment d'ostentation anime ses démarches; il faut que naturellement le cœur y soit de moitié, qu'un désintéressement total préside à ses actions; que la louange et la vanité soient à jamais bannies de son cœur; et afin que son œuvre soit plus méritoire, il ne faut pas non plus que son intérêt personnel perce au milieu de son ouvrage, sans quoi il en perdrait tout le fruit.

L'égoïsme doit faire place à la générosité toute entière; et, pour que l'action d'obliger son semblable soit toute belle et toute héroïque, il faut qu'à toute épreuve elle soit entièrement détachée de l'ombre même d'un soupçon défavorable, sans quoi au lieu d'un mérite réel, elle n'offrirait qu'un vernis factice, et par cette raison ce ne serait plus un bien que l'on aurait cherché à faire pour autrui, mais pour soi-même, n'ayant eu que son intérêt particulier en vue; et certes ce ne serait pas là un moyen d'avoir bien mérité de sa propre conscience; ce qui sans cesse nous fournirait des reproches sans nombre et que nous aurions justement mérités.

J'ose croire, Messieurs, que jamais de tels senti-mens n'entreront dans mon cœur; mes principes sévères m'imposent non-seulement le devoir, mais encore la stricte loi d'avoir sans cesse recours à une doctrine bienveillante, émanant d'un cœur droit et sans reproches. Le bien de nos frères doit nous être infiniment plus à cœur que le nôtre, et jamais un gain honteux ne peut ni ne doit être le point de mire de la morale toute évangélique que nous prêchons et qui est la base fondamentale de la morale que nous professons.

Puissiez-vous penser comme moi à cet égard, je chérirai le bon esprit qui vous aurait animés. Nous pourrons pour lors répéter en commun qu'il est bien doux et bien satisfaisant d'avoir la liberté des consciences, quand elles sont surtout dirigées par des ecclésiastiques exempts de toute prévention, et qui ne sont pas animés par un système désorganisateur, nuisible au bien de l'humanité et à l'ordre social, vu que tous les vœux d'un bon ministre des autels doivent tendre au bien-être et à la prospérité des fidèles, sans jamais s'ingérer dans les affaires civiles qui doivent être étrangères aux fonctions qu'il exerce.

Enfin, Messieurs, un bienfait nous est échu, jouissons-en sans trouble; que la bienveillante sollicitude du roi qui nous gouverne soit notre sauvegarde, et que les bienfaits qu'il nous prodigue ne sortent jamais de nos cœurs, mais nous fassent au contraire joindre nos acclamations à celles que la France entière lui prodigue chaque jour, comme au plus digne et au plus chéri des Monarques, dont l'avénement au trône, est le présage assuré de la paix, du bonheur et de la prospérité de notre belle patrie.

RÉFLEXIONS

SUR

L'INTOLÉRANCE

DE QUELQUES ECCLÉSIASTIQUES,

PAR

L'ABBÉ DE PIÈTRI.

Ami de l'ordre et de la paix, constamment impartial dans ma conduite, réservé et juste, autant que possible, dans mes opinions; tolérant par devoir et par principes pour les fautes d'autrui, j'ai toujours tâché de me juger avec plus de sévérité que les autres; j'ai, en un mot, tout mis en usage pour parvenir à faire la distinction précise du bien d'avec le mal. Aussi me sera-t il permis, je pense, de gémir sur la conduite de certains ecclésiastiques qui, sans pudeur et avec une audace jusqu'ici sans exemple, osent, sinon attaquer directement et de la manière la plus scandaleuse l'autorité royale, du moins la fronder : je dis la fronder, car la religion catholique dont je suis, sans hypocrisie aucune, le ministre et le partisan, puisqu'elle est universellement reconnue en France pour être la religion professée par la majorité des Français; rigoureusement parlant, ne doit-elle pas être envisagée comme étant celle de l'État, d'autant plus que notre auguste chef se

fait une gloire et en quelque sorte un bonheur d'y élever et nourrir sa royale famille ; dans le sein de laquelle
enfin il veut vivre et mourir lui-même ? Depuis quand
donc est-il permis d'en altérer les salutaires institutions,
en tâchant d'y innover des principes vicieux, principes
qui doivent nécessairement révolter le cœur et la pen-
sée ? Faut-il que d'imprudens ministres des autels s'é-
rigent aujourd'hui en maîtres, en décidant, dans leur
faux zèle et dans leur ardeur déplacée, que la religion
catholique n'étant plus la religion de l'État, par ce
seul fait très-erroné, le souverain ne peut ni ne doit
plus faire désormais le choix d'un prélat ? Guidés par
je ne sais quel fanatisme, ils prétendent que l'É-
glise seule peut et doit avoir le droit de nommer, dans
son sein, ses supérieurs spirituels.

Voilà en vérité ce que l'on peut appeler, à juste titre, le comble de la folie humaine. Il y a plus, c'est
que poussés, comme ils le sont, par des motifs d'une
haine très-répréhensible, à toutes ces turpitudes ils
ajoutent le courage de juger et de contrôler la conduite et les actions de leurs chefs ecclésiastiques. Ils
font un crime impardonnable à un prélat d'avoir ad-
ministré un évêque dit constitutionnel, et cela à l'arti-
cle de la mort, dans ce moment où *nulla est reserva-
tio ;* dans ce moment où certes l'on ne doit crain-
dre aucunement d'exposer les sacremens, le pécheur
n'aurait-il donné que des signes incertains et équivo-
ques de sa conversion, le Fils de Dieu, le Sauveur du
monde, ayant fait et institué les sacremens pour sanctifier les hommes, *ad nostram sanctificationem,* pour

sanctifier ces hommes qu'il s'est plu, pendant sa vie mortelle, à ramener à lui par la douceur, à traiter enfin d'une façon infiniment plus charitable que ceux qui, tout en se disant et en se proclamant les zélés défenseurs de ses lois, sans se souvenir qu'eux-mêmes sont capables de faiblesse et par nature et par inclination, traitent durement aujourd'hui au lit pénible et douloureux de la mort celui qui, en marchant à grands pas vers l'éternité, demande miséricorde. Les hypocrites! ils ont le cœur assez dur; je dirai même ils osent pousser la grossièreté jusqu'à les lui refuser! Sans se demander à eux-mêmes qu'est-ce que deviendra l'âme de cet homme, sur la tête duquel la trop cruelle et fatale destinée est prête à frapper, basés sur des idées fausses et très-fausses tant par leur nature que dans ces circonstances, ils le privent des consolations de la religion au lieu de l'en combler, en laissant ensuite au scrutateur des cœurs le soin de scruter le sien, et qui plus est, après avoir oublié que *væ illi per quem scandalum venit!* Sans doute, forts de ces autres mots *necesse est ut veniant scandala*, en oubliant finalement qu'il y a excès même dans le bien, ils ne craignent point, les malheureux! de donner à la face de l'univers le scandale de leurs vaines et futiles protestations que l'amour du mal, la jalousie et l'ignorance peuvent seuls avoir suggérées.

Cependant, cet estimable chef à toutes ces bassesses n'oppose d'autre moyen de vengeance que la soumission parfaite et silencieuse aux décrets impénétrables du Très-Haut sur sa personne; que la prière qu'un cœur grand et généreux lui a apprise dans tous les temps et dans tous les lieux : Seigneur, dit-il, pardonnez-leur ; ils ne savent point ce qu'ils font ; ils s'oublient, et qui plus est, au nom de notre religion sainte, ils ne craignent pas de susciter la plus affreuse et dangereuse tempête autour de votre barque. C'est sous le spécieux prétexte d'accomplir votre divine volonté qu'ils transgressent ainsi les commandemens les plus essentiels de votre loi sainte ; encore une fois, pardonnez-leur, *nesciunt quid faciunt.*

C'est de la sorte que ce modèle de piété, dans sa tolérance, première vertu d'un bon ecclésiastique, paie de retour ses ennemis : aussi jouit-il aujourd'hui de son triomphe sur eux. Sa patience, si cruellement éprouvée, ses éminentes qualités, et toutes ses louables actions jointes à un talent rare, lui ont en tout et partout concilié l'estime et la vénération de tous ceux qui ont le précieux avantage de le connaître, et de tous les catholiques bien pensans, qui tous aussi, bien loin de l'incriminer, se plaisent à lui rendre une justice bien entendue, n'étant pas mus par un esprit de parti bas et honteux qui dégrade l'humanité et avilit celui qui s'en est rendu coupable. Que doit-on maintenant inférer d'une telle conduite et d'une telle manière de voir ? Rien autre, sinon que ces énergumènes, ces êtres *caput angeli et cor draconis habentes*, au nom du Dieu que nous adorons, veulent attenter à la réputation trop bien établie d'un homme qui ne chercha jamais à l'usurper sur ses semblables.

Que doit-on encore inférer de leurs absurdes prétentions de vouloir que l'Église seule ait à l'avenir le droit de se choisir et de se nommer un chef spirituel? On en doit inférer que c'est là une atteinte plus que manifeste à la majesté du trône, et un vrai moyen de semer la discorde et le trouble parmi les peuples, l'ordre naturel des choses étant si vivement attaqué. Trois questions se présentent d'elles-mêmes dans une pareille occurrence.

La première : le Roi est-il le chef de l'État?

La seconde : Est-ce l'Église qui a seule voix délibérative; et par conséquent, peut-elle créer des chefs à son gré, sans consulter l'organe du trône?

La troisième : l'Église peut-elle former un corps à part dans l'État ?

Voilà trois questions bien distinctes et qui, certes, n'offrent aucune difficulté pour les résoudre.

Or donc : si le Roi est le chef de l'État, qui peut révoquer en doute que tout ne doive être soumis à sa souveraine volonté; je m'explique, légalement exprimée? N'est-il pas le père de ses sujets? N'est-ce pas à leur bonheur que doit nécessairement tendre le but de toutes ses actions ? Les ecclésiastiques, de leur côté, ne sont-ils pas aussi les sujets du monarque? ne lui doivent-ils pas comme les autres obéissance, dévouement et soumission ? Voilà pourtant des vérités qu'ils ne veulent aucunement reconnaître : néanmois, de pareilles questions ne sont nullement problématiques; elles se résolvent d'elles-mêmes.

Il est donc très évident que si ces mêmes ecclésiastiques veulent avoir une volonté indépendante; s'ils veulent à tout prix séparer ces deux corps, je veux dire l'Église d'avec l'État, au nom de la Charte de 1830, il s'ensuit et il est presque évident qu'ils deviennent des sujets rebelles et coupables d'attentat envers la majesté royale. A mon avis, l'union de ces deux corps doit relever l'éclat de l'un comme celui de l'autre; il en résulte que vouloir chercher la séparation de l'un, c'est aspirer à la perte, à la ruine et à la décadence de l'autre. Ces deux Etats doivent se tenir par la main; ils ne peuvent aucunement se disjoindre; ils doivent être inséparables et indissolublement liés. Quoique la religion catholique ne soit point proclamée la religion de l'État, mais de la majorité des Français seulement, vouloir agir autrement, je ne craindrai pas de dire que ce serait donner un signal, sinon certain et assuré, du moins indicatif de rebellion et de dissension. Et l'Église elle-même ayant toujours de très-sages prérogatives que l'État se plaît à respecter, vouloir lui en adjoindre d'autres insensées, et surtout dans les temps difficiles où nous sommes placés, c'est sans contredit tomber dans la plus grande des absurdités.

Je ne prétends ni ne crois raisonner ici dans des vues mal entendues, pas même dans l'intention de porter aucune atteinte aux scandaleux écrits (étant trop bas par eux-mêmes) que grand nombre de prêtres, pour la plus grande gloire de leur divin maître dont ils ont totalement oublié les leçons et les traces, ont enfanté, poussés sans doute par des motifs d'ambition, contre un prélat éclairé et ami du bien, contre un prélat honoré du choix du monarque; mais que dis-je!

non, ce n'est, tout bien pesé, ce n'est point un choix, c'est un acte de la sagesse et de la justice du souverain, qui a su apprécier à sa juste valeur un ecclésiastique digne de sa confiance, et qui a cru à cet effet devoir lui en donner une marque éclatante. Hommage donc, et mille fois hommage soit rendu au Roi-Citoyen qui sait si bien récompenser le vrai mérite!

Il serait à désirer, pour le bien de l'humanité et l'intérêt de la religion, que le choix de ses ministres tombât toujours sur des sujets aussi intègres, sur des sujets qui ne seraient point animés par des sentimens de division, ou qui pourraient ne pas être en harmonie avec les vues bienveillantes d'un gouvernement guidé, quoi qu'en disent ses ennemis, par de solides et très-solides institutions. Mais malheureusement il n'est que trop vrai que de fréquens abus se commettent par ceux-là même qui doivent se rallier au trône et donner l'exemple de la modération.

Je ne puis terminer ce court opuscule sans, au préalable, rendre un hommage sincère à ce prélat, modèle personnifié de la vertu la plus pure et la plus sainte, à ce digne évêque qui mérite plutôt l'estime de ses ennemis que leurs viles persécutions; mais qui saura par une sagesse bien entendue et une rare précision unies à sa charité ordinaire, qui saura dis-je, déjouer la malveillance et réparer les torts de ces frondeurs, de ces prétendus défenseurs de la religion, nécessairement peu érudits, n'ayant aimé ni cherché autre chose que l'occasion du mal, sans jamais remonter à la source et à la cause du bien.

Je désire ardemment qu'il lui plaise d'accueillir fa-
verablement mes vœux réels; le plus ardent des miens
sera comblé, jaloux que je suis de mériter et d'acquérir
son estime, en cherchant à coopérer de mon faible
pouvoir au bien de la religion; et de contribuer à tout
ce qui pourra lui être agréable dans l'unique vue du
bien. Tels sont mes sentimens; ils ne s'éteindront qu'a-
vec moi.

DE PIÉTRI.

Août, 1831.

www.ingramcontent.com/pod-product-compliance
Lightning Source LLC
Chambersburg PA
CBHW061614180626
46818CB00005B/2076